LETTRES JAPONAISES
série dirigée par Rose-Marie Makino-Fayolle

LA PISCINE

Titre original :
Daibingu pûru
Fukutake publishing co. Ltd., Tokyo

ISBN 2-7427-0481-7

Illustration de couverture :
Yokoyama Taikan, *Muga* (détail), 1897
Musée national de Tokyo

Yôko Ogawa

LA PISCINE

roman traduit du japonais
par Rose-Marie Makino-Fayolle

ACTES SUD
HUBERT NYSSEN EDITEUR

Il fait très bon. En arrivant ici, j'ai toujours l'impression d'avoir été engloutie par un monstre. Je m'assieds, et mes cheveux, mes sourcils et le corsage de mon uniforme ne tardent pas à s'imprégner de la chaleur ambiante et à devenir moites. Je baigne dans une humidité plus douce que la transpiration, d'où s'élève une discrète odeur de crésol.

La surface de l'eau, bleu pâle, tremble tout en bas sous mes pieds. J'essaie en vain d'apercevoir le fond, gênée par les petites bulles qui ne cessent de remonter à la surface. Le plafond, vitré, est très haut. Je suis assise, comme accrochée, en plein milieu des gradins réservés au public.

Jun avance sur le plongeoir de dix mètres. Il a pour maillot le slip de bain rouge foncé que j'ai vu hier pendu sous l'auvent de la fenêtre de sa chambre. Arrivé à l'extrémité de la planche, il tourne lentement le dos à la surface de l'eau et aligne les talons. Tous les muscles de son corps sont bandés à l'extrême, comme s'il retenait sa respiration. C'est la ligne musculaire qui part de la cheville pour atteindre la cuisse à ce moment-là que je préfère dans son corps. Elle a l'élégance glacée d'une statue de bronze.

Il m'est arrivé parfois de vouloir essayer de définir la jouissance que j'éprouve au moment où il lève les deux mains comme pour saisir quelque chose dans l'espace avant de disparaître sous l'eau. Mais je n'ai jamais réussi à trouver les mots qui conviennent. Est-ce parce qu'il s'enfonce dans la vallée reculée du temps, là où les mots n'arrivent jamais ?

Je murmure :

"Coup de pied à la lune périlleux et demi au vol groupé."

C'est raté. Sa poitrine a frappé la surface de l'eau dans un grand bruit. Le choc a été suivi d'éclaboussures blanches à n'en plus finir.

Que l'exécution soit un échec comme maintenant ou qu'elle soit parfaite, sans provoquer aucune gerbe d'eau, mon sentiment reste inchangé. C'est pourquoi je ne prie jamais pour qu'il réussisse son plongeon, pas plus qu'il ne m'arrive d'être déçue ou d'applaudir avec enthousiasme. Le corps souple et élancé de Jun traverse la couche superficielle de mes sentiments pour être absorbé au plus profond de mon être. Dès que sa silhouette apparaît entre les bulles, la surface ébranlée de l'eau suit le contour de ses épaules qu'elle recouvre comme un voile. Avec ce voile sur les épaules, il nage lentement vers le bord de la piscine, d'une brasse ample et précise.

J'ai déjà vu des retransmissions télévisées de compétitions de plongeon avec une caméra installée sous l'eau. Les concurrents qui crèvent la surface vont directement jusqu'au fond dans leur élan. Le bassin est saturé de bleu. Les athlètes se recroquevillent sur eux-mêmes pour changer de direction et donnent un coup de pied au fond pour remonter à la surface. C'est beaucoup plus beau que le reste de l'exécution. Les chevilles et les mains qui écartent l'eau ont des mouvements élastiques, et le corps tout entier baigne dans la pureté du milieu aquatique. Si c'est une femme, ses cheveux ondulent comme sous l'action du vent. Leur expression à tous est si paisible qu'on dirait qu'ils respirent profondément.

Plusieurs concurrents plongent et viennent passer devant la caméra immergée dans un beau mouvement aérodynamique. J'aimerais qu'ils passent plus lentement pour avoir le temps d'observer leur silhouette enveloppée d'eau, mais il suffit de deux ou trois secondes pour que leur visage affleure à la surface. Les voir ainsi me rappelle que tous les êtres humains ont un jour baigné dans du liquide amniotique.

Est-ce que Jun lui aussi laisse flotter ses muscles en liberté au fond de la piscine comme un fœtus dans le ventre de sa mère ? Je crois que je me sentirais bien mieux si je pouvais contempler autant que je veux son corps libéré de toute tension.

Je suis sur les gradins de la piscine réservée au plongeon depuis un temps assez long. J'étais déjà là hier, comme avant-hier, comme il y a trois mois aussi. Je ne pense à rien, je n'attends rien, je n'ai aucune idée de ce qui m'amène ici. Je me contente de regarder le corps mouillé de Jun.

Nous vivons depuis plus de dix ans sous le même toit et nous fréquentons le même lycée, nous nous côtoyons donc plusieurs fois par jour et nous nous adressons la parole régulièrement, mais je sens qu'il est bien plus proche de moi à la piscine. Sans défense dans son maillot de bain, il plonge et replonge sans arrêt, le corps évoluant dans toutes sortes de positions : droit, groupé, carpé. Je dépose mon cartable à mes pieds et je m'assieds sur les gradins, dans ma jupe aux plis bien repassés et mon corsage frais lavé. Je ne peux même pas tendre la main vers lui.

Et pourtant cet endroit est privilégié. C'est une tour de guet réservée à mon usage personnel qui me permet de le voir. Il passe à travers moi sans s'écarter de sa route.

Après avoir marché jusqu'au bout de la rue commerçante du quartier de la gare, dès que j'entre dans la première petite rue au sud en partant de la nationale qui longe la voie ferrée, l'agitation des gens s'éloigne soudain. Au mois de mai comme aujourd'hui, au moment où je sors de la gare après avoir quitté la piscine où Jun a terminé son entraînement, il reste encore un peu de clarté de l'après-midi.

Après le square où il n'y a qu'un bac à sable et une fontaine, un foyer pour travailleurs célibataires et une maternité déserte, il ne reste plus qu'une succession de logements ordinaires. Je dois marcher vingt-cinq minutes dans cette rue toute droite avant d'arriver à la maison. Le flot de gens qui s'est écoulé hors de la gare en même temps que moi s'amenuise progressivement, alors que le peu de lumière qui restait encore est absorbé par le crépuscule arrivant à grands pas. A la fin, habituellement je me retrouve seule.

Il y a d'abord un bois après une succession de petites haies vives, puis un mur de parpaings en partie recouvert de lierre. Les endroits où il n'y a pas de lierre ont pris la couleur de la mousse, et le mur semble presque entièrement devenu végétal. Le portail est grand ouvert et une chaîne rouillée est là pour en empêcher la fermeture.

Je n'ai jamais vu ce portail fermé. Il est toujours ouvert en grand afin d'accueillir toutes sortes de gens qui viennent à la recherche d'un sauveur prenant en charge leurs souffrances et leurs difficultés. Ici on ne refuse personne. Moi non plus bien sûr.

Le long du portail se dresse un panneau recouvert d'une vitre et éclairé par un tube au néon. – Le précepte de la semaine : Qui, de moi ou d'autrui, est le plus précieux ? Nous sommes tous des êtres humains. Personne n'est un étranger sur cette terre. – Tous les samedis après-midi, mon père prépare son encre en feuilletant les Ecritures saintes et il lui faut beaucoup de temps pour composer son "précepte de la semaine". Sa boîte à calligraphie est très vieille et imprégnée de l'odeur de l'encre. Il verse un peu d'eau sur la pierre, frotte lentement le bâton en le tenant bien droit, trempe son pinceau. Ses gestes sont lents, presque traînants, et prennent la forme d'un cérémonial. Je passe toujours devant son bureau sans faire de bruit, pour ne pas troubler cette rigidité.

Quatre petits insectes attirés par le néon rampent entre les caractères tracés par mon père.

La nuit est tombée sans que je m'en aperçoive. Après le portail, il me semble qu'il fait encore plus noir que dehors. C'est parce que l'endroit croule sous la végétation. On a planté des arbustes à feuilles persistantes et d'autres à feuilles caduques dans la plus parfaite incohérence le long du mur de clôture. Les branches s'entremêlent au hasard de leur croissance. Quant à la cour, elle est entièrement recouverte d'une confusion de verdure, sans que l'on sache s'il s'agit de mauvaises herbes ou de plantes à fleurs.

Au milieu de tout cela, le feuillage de deux grands ginkgos se découpe en plus sombre sur le ciel nocturne. Tous les ans à l'automne, les enfants en ramassent les noix, les mains protégées par des gants de travail. Jun qui est l'aîné, assis à califourchon sur une grosse branche, secoue l'arbre et fait tomber un mélange de fruits et de feuilles mortes de couleur jaune, tandis que les petits courent dans tous les sens en chahutant. A chaque fois que je passe près de ces arbres, je me souviens de la chair des noix écrasées comme des vers sous les semelles des chaussures des enfants et de la violente odeur qui s'en dégage.

A gauche des ginkgos se dresse l'église, puis relié par une galerie et placé en biais dans le fond, l'institut Hikari. C'est là que j'habite.

L'humidité bleu pâle respirant la propreté dont je me suis entièrement imprégnée sur les gradins de la piscine s'est complètement évaporée pendant que je revenais jusqu'ici, et j'ai l'impression que même mes sentiments se sont desséchés. C'est toujours pareil. Lire le "précepte de la semaine", passer sous le portail ouvert à tous, ouvrir la porte d'entrée de l'institut Hikari en me rappelant l'odeur des noix de ginkgo, sont des choses toutes simples que je suis incapable de faire sans y penser. Quelque chose de sec qui griffe ma poitrine m'en empêche.

Le spectacle de l'institut Hikari plongé dans la verdure est bien réel, et pourtant je le sens complètement flou. A moins qu'au contraire mes sens, aiguisés au point d'en être douloureux, n'absorbent le paysage à l'infini. Quoi qu'il en soit, il y a une distorsion infranchissable entre moi et l'institut et je crois que c'est cela qui m'étouffe.

Et pourtant ici c'est chez moi. Ma famille habite là. Jun aussi. C'est ce que je me dis en ouvrant la porte de l'institut après avoir franchi les yeux fermés le rideau de verdure.

En faisant le tri dans mes souvenirs, je m'aperçois que ce sont les premiers qui restent gravés le plus profondément dans ma mémoire.

C'était un après-midi du début de l'été et les rayons du soleil étaient déjà chauds. J'étais en train de jouer avec Jun près du puits dans le jardin derrière. Le puits était comblé depuis longtemps avec de la terre, et il y poussait un figuier. Nous devions avoir quatre ou cinq ans et Jun venait tout juste d'être recueilli à l'institut. C'était un enfant illégitime dont la mère était alcoolique au dernier degré, qui nous avait été confié par un de nos adeptes les plus fervents.

J'avais brisé une branche du figuier et je regardais le liquide blanc et visqueux apparaître à l'endroit de la cassure. La sève était encore plus épaisse que je ne l'avais imaginé et collait à mes doigts. Je dis à Jun, tout en cassant une autre branche :

"Viens, c'est l'heure de la tétée !"

Je l'avais fait asseoir sur mes genoux, et un bras autour de ses épaules, je m'appliquais de l'autre main à lui mettre la branche de figuier entre les lèvres. A cette époque, rien dans son corps n'évoquait les lignes musculaires brillantes recouvertes par l'eau transparente de la piscine. Au creux de mon bras, il avait seulement la souplesse d'un enfant ordinaire. Les lèvres arrondies, il s'était mis à téter comme un bébé l'aurait fait. Les deux mains posées sur la mienne, il faisait même semblant de tenir un biberon imaginaire. Le lait de figuier avait une odeur de terre amère.

Soudain, je me suis sentie la proie d'un sentiment aussi horrible qu'incohérent. C'est ainsi que cela a commencé. C'est peut-être le lait de figuier ou la souplesse du corps de Jun qui ont déclenché quelque chose. A moins que cela ne remonte plus loin, et que ce quelque chose de mauvais se soit glissé en moi, peut-être même avant ma naissance. – Et d'abord, qui est-il ce Jun ? Il est arrivé un jour brutalement dans ma vie et nous habitons ensemble. Nous ne sommes pourtant pas frère et sœur. Et il n'est pas le seul. Chez moi il y a plein d'autres gens indéterminés qui se conduisent comme s'ils faisaient partie de la famille. En fait, nous devrions être trois : mon père, ma mère et moi. Nous sommes différents de n'importe quelle famille ordinaire. Notre famille n'est pas comme les autres.

Le sentiment d'écœurement que j'éprouvais était en train de devenir étrangement concret. Je cassai une branche plus épaisse qui me semblait devoir donner plus de lait, pour en frotter la section sur sa bouche. Il lécha ses lèvres en fronçant légèrement les sourcils. C'est à ce moment précis que les rayons du soleil se font plus forts et plus épais, que le paysage s'estompe et devient blanc, et que mon film le plus ancien se termine.

Depuis, ce phénomène étrange n'a pas disparu et se répète. Je ne peux pas rester indifférente aux mots "famille" ou "foyer" quand je les entends, comme s'ils étaient d'une facture particulière. Mais en réalité ils sonnent creux et roulent à mes pieds comme des canettes vides.

Mes parents sont les dirigeants de l'église qui sert d'intermédiaire entre Dieu et les fidèles, et sont aussi directeurs de l'institut Hikari. Cet institut est un orphelinat dont je suis la seule pensionnaire à y être née sans être orpheline. C'est cela qui a défiguré ma famille.

J'ouvre de temps en temps les albums rangés sur l'étagère du bas de la bibliothèque de la salle de jeux, comme si je voulais vérifier la nature de ce sentiment qui m'obsède. Je m'assieds, les jambes sur le côté, au milieu des livres d'images et des cubes éparpillés sur le sol, et je prends celui qui me tombe sous la main.

Les photos ont toutes été prises au cours des fêtes de l'institut Hikari. Celle des cerisiers en fleur, la pêche à pied au bord de la mer, le barbecue ou le ramassage des noix de ginkgo. Elles sont pleines d'orphelins. Les visages des enfants se suivent comme sur les photos de classe prises au cours d'excursions. Je suis au milieu d'eux. Quand l'excursion est terminée, les écoliers se dispersent et rentrent chez eux, mais les orphelins eux rentrent tous ensemble à l'orphelinat. Ils sont toujours autour de moi.

En général, mes parents sont derrière le groupe, souriants. Le sourire de mon père est calme, serein, égal, et finalement légèrement cérémonieux. Ce n'est pas étonnant, puisqu'une grande partie de sa vie est consacrée aux cérémonies religieuses. Il est presque toujours plongé dans des prières interminables et saintes. Je regarde les photos de lui avec les mêmes yeux que si je contemplais l'autel, agenouillée sur mon prie-Dieu.

Je feuillette l'album avec indifférence. Je regarde ces photos de groupe qui ne se renouvellent pas. Je fixe douloureusement cet album qui ne contient ni ma taille ni mon poids à ma naissance, ni l'empreinte de mon pied faite à l'encre de Chine, ni instantanés de nous trois. Et le bruit sec que je fais en le refermant ressemble à celui de ma famille écrasée sous la masse des orphelins.

Il m'arrive parfois de penser qu'il aurait peut-être mieux valu pour moi aussi être orpheline. J'aurais préféré avoir subi au moins l'un de ces malheurs que l'on trouve en abondance ici : mère alcoolique, père assassin, parents décédés, enfants abandonnés.

J'aurais ainsi pu devenir une parfaite orpheline. J'aurais sans doute déployé des trésors d'imagination pour considérer les directeurs de l'institut comme mes véritables parents, ou feindre l'ingénuité afin d'être recueillie par la meilleure famille possible. Ma vie aurait certainement été beaucoup plus nette de cette façon.

Du fond de mon souvenir de figuier poussant sur les ruines d'un puits, je n'ai cessé, comme un ange, de concevoir le même désir. Une maison ordinaire, simple, discrète.

Au moment où après la disparition de Jun dans les vestiaires je reprends le cartable à mes pieds tout en regardant la surface de la piscine retrouver son calme, quand le dimanche soir j'attends, immobile pour ne pas le rater, le bruit de Jun qui rentre d'une compétition en se frayant un passage à travers la végétation plongée dans l'obscurité, je sens mon désir poindre comme de la brume. Quand ma poitrine se serre sans raison mais que cette sensation n'est pas assez forte pour être qualifiée de tristesse, mon pur désir s'élève lentement et je finis par ne plus pouvoir l'atteindre.

Je sais qu'il n'y a rien à faire, mais je cherche en tâtonnant. Dans la vie il existe beaucoup de choses auxquelles on ne peut rien, et je sais que la pire des choses pour moi, c'est l'existence de cet institut.

Jun était de retour. Une réunion après l'entraînement avait fait qu'il arrivait une heure après moi.

Environ une fois par semaine ou tous les dix jours, je m'arrangeais pour me trouver dans l'entrée près du téléphone ou du canapé à peu près à l'heure où il rentrait. Je faisais mon possible pour être naturelle, car je savais que si les enfants, le personnel, mes parents, ou pire encore Jun, s'en apercevaient, la situation aurait pu devenir très compliquée. Je téléphonais donc sans motif à des amies de classe ou je feuilletais des magazines tout en me trouvant ridicule.

Le soir en général le hall d'entrée est vide et calme. Il contient juste un vieux sofa élimé et taché, un téléphone à cadran démodé, et la décoration est sobre. La lumière de l'ampoule incandescente s'étale en jaune sur le plancher.

Ce jour-là, je m'étais autorisée à "accueillir" Jun. Il entra dans le hall vêtu de son blazer d'uniforme, son cartable et son sac de sport en plastique à la main.

"Bonsoir !

— Bonsoir."

J'avais l'impression que les mots les plus simples prenaient dans sa bouche une profondeur insoupçonnée. Il venait de terminer l'entraînement et son corps avait conservé une certaine fraîcheur où on décelait l'odeur de propre de la piscine. J'étais encore plus heureuse quand ses cheveux étaient restés légèrement humides.

"J'ai faim !"

Il laissa tomber ses deux sacs et se jeta lourdement sur le sofa. Mais sans mauvaise humeur, car même sa fatigue fleurait bon la piscine.

"Comme je t'envie de pouvoir faire du sport et d'avoir faim ! Je ne fais rien, et pourtant je n'oublie jamais l'heure des repas. Avoir faim dans ces conditions n'est qu'une sensation vague et inutile, tu ne trouves pas ? lui dis-je, appuyée au téléphone.

— Tu devrais faire du sport toi aussi."

Je fis non de la tête tout en la gardant baissée.

"Je préfère être spectatrice plutôt que d'en faire."

J'eus un sursaut en prononçant ces mots. S'était-il rendu compte que cela faisait près d'un an que je le regardais s'entraîner du haut de la tribune ?

Comme il s'agissait pour moi d'un moment privilégié tenu secret, je m'asseyais à l'endroit le plus éloigné du plongeoir, et je faisais aussi attention à ne pas le rencontrer quand il se trouvait avec les autres membres de son club à l'entrée de la piscine. Il était donc normal qu'il ne se fût aperçu de rien. Mais en même temps, un sentiment contradictoire me faisait le regretter un peu.

Jun ne m'avait jamais tenu de propos embarrassants en me demandant par exemple si j'étais venue la veille à la piscine, ou ce que je faisais dans mon coin. Je croyais que nous serions plus proches si, au lieu de ne pas le dire parce qu'il ne s'en était pas aperçu, il le savait mais faisait exprès de ne pas en parler pour me laisser continuer à agir comme je voulais.

"Aujourd'hui, je me suis fait mal au poignet. Il a touché l'eau de travers.

— Lequel ?"

Il me montra celui de gauche en le secouant. J'ai toujours eu très peur que Jun ne se blesse. Cela montre à quel point son corps est important à mes yeux. Le contour de ses muscles, le brillant de sa poitrine ou la pénétration de son regard à l'instant même où il décide de plonger révèlent une belle sensualité habituellement refoulée. Son corps est tellement parfait à mes yeux que je m'inquiète dès qu'il a subi la moindre blessure.

"Ça ira ? Les sélections interclubs ne vont pas tarder, n'est-ce pas ?

— Ce n'est pas grave", me répondit-il brièvement.

Afin de percer la surface de l'eau comme une aiguille, sans provoquer le moindre jaillissement, Jun serre les poignets l'un contre l'autre pour forcer le mur d'eau tremblotante. C'est pour cela que ses poignets sont les plus solides que je connaisse.

A ce moment-là, nous entendîmes un bruit de pantoufles claquant dans le couloir et Naoki arriva en courant.

"Bonsoir Jun ! Dis, tu veux bien faire le poirier ?"

Naoki tournait autour de Jun en sautant comme un loulou de Poméranie. Il avait trois ans, souffrait d'asthme, et avait toujours la voix rauque.

"D'accord, mais la prochaine fois."

Jun se leva avec Naoki pendu à son cou. Tous les enfants de l'institut Hikari l'aimaient. Personne ne l'avait jamais vu en colère. Sa gentillesse n'avait pas de bornes. Les enfants l'aimaient exactement de la même façon que je l'aimais moi aussi, et nous avions tous envie de le toucher. Alors qu'il s'en allait avec Naoki dans les bras, je lui suggérai à mi-voix de faire attention à son poignet.

"Oui mais quand ? Et pas seulement les pieds en l'air, je veux aussi que tu marches sur les mains."

La voix éraillée de Naoki disparut au fond du couloir.

Ce que je trouvais alors le plus étrange ici, c'était l'heure des repas. Cela venait peut-être du fait que la cuisine et la salle à manger se trouvaient au sous-sol.

L'église et l'institut Hikari, construits en bois à l'occidentale, sont assez vieux. Leur ancienneté est palpable dans chaque planche de bois, dans chaque châssis de moustiquaire et dans chaque carreau de faïence. On a multiplié les constructions supplémentaires, aussi l'ensemble est-il extrêmement compliqué et même de l'extérieur il est difficile d'en saisir la forme générale. C'est encore plus imbriqué à l'intérieur, où des couloirs sinueux se succèdent interminablement et où l'on trouve un peu partout des petites dénivellations.

En suivant le couloir labyrinthique qui part du hall d'entrée de l'institut, on réalise soudain que l'endroit où l'on se trouve est au premier étage. On surplombe alors la cour qu'on aperçoit sous les fenêtres.

Au bout du couloir le sol est découpé de la taille d'un tatami en bordure duquel on aurait fixé une solide poignée métallique. En tirant sur la poignée, cette partie du couloir se relève avec un grincement sec. On fixe l'anneau à un crochet qui pend du plafond, et l'on se retrouve avec le vide à ses pieds. C'est de là que part un escalier abrupt menant à la cuisine et à la salle à manger.

Tous les enfants aimaient cet escalier secret. Quand venait l'heure des repas, c'était à qui soulèverait la trappe, et cela donnait presque toujours lieu à des disputes. Les enfants s'engouffraient l'un derrière l'autre dans l'escalier, sous le regard sévère du directeur et de la puéricultrice.

La poignée rouillée rugueuse au toucher, le grincement du vieux plancher ou l'odeur de cuisine qui montait le long de l'escalier me rappelaient le *Journal* d'Anne Frank. – L'escalier secret dissimulé derrière la bibliothèque pivotante, le plan de l'Annexe, l'étoile jaune de David, la carte où l'avancée des troupes du débarquement en Normandie est marquée avec des épingles, les repas ennuyeux avec Peter, le couple Van Daan et M. Dussel, au cours desquels chacun mesure ses gestes et ses paroles. – Comme Anne, je sentais mon appétit diminuer au fur et à mesure que je descendais cet escalier secret.

Même si la salle à manger était en sous-sol, elle n'était ni sombre ni humide. Il y avait plusieurs grandes fenêtres qui donnaient sur le jardin au sud, et sur les vitres desquelles oscillaient les ombres des taillis au nord.

Mais là aussi, la vétusté présente un peu partout était inévitable. Les poêles et les casseroles alignées sur l'égouttoir avaient noirci, le mixer, le four et le réfrigérateur étaient de vieux modèles qui n'avaient pour eux que leur solidité, et la grande table de salle à manger en bois était couverte d'un réseau d'égratignures et creusée par endroits.

Le petit déjeuner qui rassemblait tous les enfants dans une ambiance d'agitation, au milieu des miettes de nourriture, m'était souvent pénible à supporter. Quant au dîner, l'habitude voulait que les petits, une dizaine environ, mangent plus tôt avec mon père qui se levait avant l'aube pour les matines, tandis que Jun, Reiko qui était en troisième, la puéricultrice de garde, ma mère et moi nous mangions après. Mais même ce dîner entre adultes, sur une table nettoyée, me dégoûtait.

Ma mère était celle qui était la plus gaie et qui avait la meilleure santé de tous les pensionnaires de l'institut. Elle parlait beaucoup, surtout pendant le dîner. Elle ne cherchait pas à trouver un sujet de conversation permettant à chacun de s'exprimer, mais traitait de bout en bout uniquement de choses la concernant.

En entendant sa respiration saccadée, je me demandais avec cruauté s'il ne lui arrivait pas parfois, à force de bavarder, de se détester elle-même.

Quand elle se mettait à parler, les autres étaient obligés de se taire. Ne restaient dans mon oreille que quelques conjonctions de coordination telles que "ainsi", "mais" ou "pourtant", et le bruit de mastication qui venait parfois se mêler à sa voix.

Je finissais par me demander avec inquiétude si elle n'allait pas fatiguer Jun et les autres avec son bavardage incessant. J'avais envie d'écraser entre mes doigts ses lèvres qui se tortillaient sans arrêt comme deux chenilles. Il faisait déjà complètement noir dans le jardin et les vitres étaient devenues d'un vert profond, mais sa voix continuait toujours son discours tumultueux. Reiko et la puéricultrice, le nez plongé dans leur assiette, acquiesçaient de temps à autre d'un signe de tête.

A ce moment-là, les cheveux de Jun étaient déjà complètement secs. Son corps, lorsqu'il n'était pas mouillé, semblait encore plus petit et plus doux.

Jun n'a jamais soupiré lorsque ma mère bavardait trop. Il prêtait l'oreille à sa voix qui résonnait avec insistance, acquiesçait poliment, mangeait avec appétit et, comme pour l'encourager à parler encore plus, lui posait même des questions. Sa voix se glissait habilement entre les rafales de ma mère, qui, tournée vers lui, continuait avec encore plus de fougue.

Je regardais son profil en me demandant pourquoi il pouvait être aussi gentil alors que j'étais moi-même dépassée par la méchanceté que j'éprouvais. Ses muscles, quand il était redescendu de son plongeoir pour revenir à l'institut, redevenaient insensiblement aussi doux que du coton, absorbant dans l'ordre tout ce qui me portait sur les nerfs, que ce fût la voix rauque de Naoki, les restes des repas répandus par les enfants, ou encore le bavardage inconsidéré de ma mère. Comme il était né de père inconnu et que sa mère, alcoolique, l'avait abandonné, on pouvait légitimement se poser la question de savoir d'où il tenait cette gentillesse. Je suffoquais du désir de me baigner à la source qui se trouvait au plus profond de sa douceur, avant d'essuyer mon corps au coton douillet de son âme.

On entendait au-dessus de nous des bruits de pas qui se chevauchaient. C'était l'heure du bain, et les enfants chahutaient sans doute avec le talc. Je regardais les lèvres visqueuses de ma mère tout en donnant des petits coups de baguettes dans du gras de viande. Puis je passais la bouteille de sauce à Jun dans le but de l'entendre me dire merci, ce qui avait le pouvoir de faire disparaître la sensation d'écœurement que j'éprouvais.

Son bavardage se poursuivait invariablement jusqu'au moment où tout le monde joignait les mains pour l'action de grâces.

C'était par un paisible après-midi de dimanche. Mes parents étaient sortis pour enregistrer une émission religieuse à la radio. Reiko qui partageait ma chambre était en train de lire une revue scientifique, allongée sur la couchette supérieure de nos deux lits superposés. Jun était comme tous les dimanches à son cours de ballet. Il avait commencé récemment sur le conseil de son entraîneur, afin de préserver la souplesse et la ligne de son corps. Je n'arrivais pas à imaginer sa silhouette pendant le cours de danse, lui que je voyais toujours auréolé de gouttelettes, les muscles étincelants et ondoyants dans l'eau qui les absorbait. J'étais jalouse des petites filles aux cheveux retenus en chignon et à la poitrine plate moulée dans un léotard blanc.

En l'absence de Jun, le dimanche après-midi s'écoulait lentement dans la morosité.

Quand j'en avais assez de réviser mon anglais, je feuilletais mon dictionnaire et m'attardais sur les illustrations, simples mais étrangement réalistes, qui représentaient un albatros, un alambic, une paire de chenets ou un gaufrier.

Dehors il faisait un temps magnifique. Le soleil resplendissait alentour, saupoudrant tout d'une poussière dorée. L'ombre du feuillage du ginkgo se détachait en tremblant sur le mur de l'église. Le vent qui se glissait entre les rideaux nous apportait un avant-goût de l'été.

"Tu ne vas pas faire ta visite aujourd'hui ?" demandai-je à Reiko qui était toujours sur son lit, après m'être à moitié retournée sur ma chaise.

"Non, pas aujourd'hui", me répondit-elle, sans lever les yeux de sa revue.

Elle était arrivée ici à peine six mois plus tôt. On avait apporté dans ma chambre des cartons remplis à ras bords de livres de poche et de vêtements fatigués et légèrement démodés avant que je découvre Reiko qui se tenait derrière la porte. Elle était plus grande que moi, assez grosse, et portait des lunettes à verres très épais. Elle était encore lycéenne, et pourtant son corps était avachi par endroits, comme celui d'une femme d'âge mûr.

"Bonjour, je suis enchantée de te connaître."

Elle était entrée dans la chambre avec lenteur, comme si elle avait été gênée par son grand corps.

Il était rare de voir arriver à l'institut Hikari des jeunes aussi âgés qu'elle. La plupart des enfants y passaient leur prime jeunesse et s'en allaient dès qu'on leur avait trouvé une famille d'adoption. Jun avait été le premier à aller au lycée tout en restant à l'institut.

Les parents de Reiko étaient tous les deux en hôpital psychiatrique. Il ne s'agissait pas d'une hospitalisation passagère, mais bien d'un trouble plus profond, sans espoir de guérison. Ils n'avaient pratiquement aucune chance de pouvoir en sortir pour retrouver une vie normale.

"Ils vont être tristes s'ils ne te voient pas."

Je savais qu'elle n'aimait pas trop évoquer ses parents, et j'en parlais sans cesse. Les enfants qui étaient là avaient toutes sortes de malheurs que je pouvais décrire, mais je trouvais qu'avoir ses deux parents souffrant de maladie mentale était le pire de ce qu'on pouvait supporter.

"Je serais tellement heureuse s'ils pouvaient en être tristes."

Reiko retourna sa revue, enleva ses lunettes et s'assit en travers de son lit. Ses yeux étaient si petits que lorsqu'elle enlevait ses lunettes, on ne savait pas très bien dans quelle direction elle regardait.

"Mon père et ma mère ne sont plus capables d'éprouver une quelconque tristesse depuis bien longtemps, tu sais."

Elle utilisait parfois des expressions de jeune fille bien élevée qui ne concordaient pas avec l'impression qu'elle donnait quand on la voyait pour la première fois, et cela me troublait.

"Et c'est cela qui te rend malheureuse ?"

Pour toute réponse, Reiko se contenta de battre nerveusement des paupières. Il était d'autant plus difficile d'imaginer ce qu'elle pouvait ressentir que son regard était flou. Le contour de ses lèvres pouvait laisser deviner un léger sourire, à moins que blessée, elle n'eût ravalé ses paroles. Plusieurs secondes s'écoulèrent dans un silence glacé.

"Les agrafes ont sauté, dit-elle soudain, comme si elle parlait toute seule.

— Les agrafes ?

— Oui. Les agrafes qui nous reliaient tous les trois sont parties. C'est irrémédiable."

Je me demandais quel bruit cela pouvait bien faire quand les agrafes d'une famille sautaient. Un petit chuintement comme quand on extrait le noyau d'un fruit ? Ou alors une explosion semblable à celles qui se produisent au cours de réactions chimiques ?

Reiko m'observait du haut de son regard flou. La graisse accumulée sur ses joues, ses mâchoires et en bordure de ses yeux semblait noyer ses sentiments. Elle remit ses lunettes, s'allongea et ouvrit à nouveau sa revue.

La blessure qui lui avait été infligée quand les agrafes avaient sauté s'était sans doute envenimée. Dans mon cas, il n'y avait même pas eu d'agrafes à la naissance. Je trouvais que nous étions aussi malheureuses l'une que l'autre.

Je me retournai vers mon bureau et me mis à écrire sur mon cahier des mots de vocabulaire anglais dont je ne saisissais même pas la signification. Le brouhaha des enfants qui s'amplifiait depuis tout à l'heure ne troublait pas la quiétude transparente qui flottait entre nous.

L'institut Hikari était toujours bruyant. C'était un mélange de cris, de pleurs et de bruits de pas qui se logeait dans le moindre recoin, comme l'esprit habitant des lieux.

A ce moment-là, on entendit des coups précipités sur la porte. Reiko et moi répondîmes en même temps, et une puéricultrice entra avec Rie dans les bras.

"Nous allons tous à l'église pour le bazar mais Rie est un peu grippée, je préférerais la laisser ici. Est-ce que je peux vous la confier ? demanda-t-elle rapidement, tout en berçant Rie dans ses bras.

— Bien sûr, je vais m'en occuper."

Je me levai pour la prendre dans mes bras.

"Reiko, tu ne veux pas venir avec moi ? demanda la puéricultrice en s'adressant au lit du haut.

— Vous êtes gentille de m'inviter, mais aujourd'hui j'ai d'autres choses à faire."

Elle avait refusé comme d'habitude, avec une politesse exagérée qui ne lui allait pas.

Avec ses un an et cinq mois, Rie était la plus jeune pensionnaire de l'institut. Elle était vêtue d'une robe de chambre rouge passée sur une barboteuse blanche, et son nez qui coulait était tout brillant.

Après le départ des enfants en un groupe tumultueux conduit par trois autres puéricultrices, je descendis au jardin avec Rie dans les bras.

L'ombre était d'autant plus fraîche dans le jardin que les rayons du soleil étaient étincelants, et les contours du tricycle, des pots de fleurs ébréchés et des mauvaises herbes qui poussaient là se découpaient très nettement dessus. Des caisses de bouteilles de jus de fruits consignées et des cartons vides décorés d'asperges s'empilaient dans le plus grand désordre près de l'entrée de service.

Le figuier qui avait été planté à l'emplacement du vieux puits ne donnait plus de figues depuis longtemps et il avait été détruit. A la place, il ne restait plus qu'un petit monticule de terre.

Rie jouait avec une petite pelle pour enfants au sommet de ce monticule. Je la surveillais de loin, assise sur une caisse de bouteilles de jus de fruits.

Ses jambes qui dépassaient sous sa robe de chambre étaient blanches et lisses comme une motte de beurre. Les cuisses des bébés, si différentes soient-elles, foncées et parsemées de taches, irritées par une éruption quelconque, ou couvertes de stries tellement elles sont potelées, attirent toujours mon regard. Les cuisses des bébés deviennent érotiques à force d'être sans défense, et semblent d'une fraîcheur étrange, comme si elles appartenaient à un autre être vivant.

Rie prenait de la terre avec sa pelle qu'elle tenait dans sa main droite, pour la verser dans le petit seau qu'elle avait dans la main gauche. Elle répétait le même geste sans arrêt depuis un moment. Et dès qu'un peu de terre tombait de la pelle sur sa main, elle venait vers moi d'un pas encore mal assuré. Ses jambes franchissaient en chancelant la ligne de partage entre le ciel d'un bleu étincelant et l'ombre paisible.

Elle poussait des petits cris plaintifs en me tendant sa main sur laquelle un peu de terre était tombée. Je soufflais en tapotant sa paume à peine salie pour la nettoyer.

Tous les bébés d'à peu près le même âge que Rie ont une odeur bien particulière. Celle, poussiéreuse, des couches en cellulose, à laquelle se mêle celle plus pâteuse de la nourriture pour bébés. Celle de Rie était particulière, il s'y mêlait une écœurante odeur de beurre frais, semblable à celle qu'on perçoit au moment où on le sort de son emballage.

Tout en jouant avec la terre, Rie venait me voir à intervalles réguliers, toutes les deux ou trois minutes, pour que je lui nettoie les mains. Cette régularité toute simple me conduisait progressivement vers un sentiment impitoyable. Ce n'était pas désagréable au point d'en éprouver de l'irritation, car il m'apportait même une sorte de bien-être secret. Ces derniers temps, il m'arrivait souvent d'être la proie de ce "sentiment de cruauté". C'était cette curieuse odeur, si particulière aux bébés, qui était allée le chercher au plus profond de moi pour le sortir au grand jour. La douleur vague que j'éprouvais alors me fut comme une caresse sur la poitrine, douce et consolante.

Pendant que Rie me tournait le dos, je me dissimulai discrètement derrière la porte de service. Elle recommença aussitôt à se préoccuper de ses mains sales, laissa tomber sa pelle et son seau à ses pieds pour regarder ses deux paumes à tour de rôle. Puis elle se tourna vers l'endroit où j'aurais dû me trouver pour me demander de l'aide. Se rendant compte qu'il n'y avait personne, elle crut qu'elle avait été abandonnée, ce qui déclencha ses pleurs aussi distinctement que si l'on avait appuyé sur un bouton.

Ses sanglots, si violents qu'ils faisaient craindre une quelconque rupture à l'intérieur de son corps, assouvirent mon "sentiment de cruauté". J'espérai intensément la voir pleurer encore plus. J'étais d'autant plus heureuse que je pouvais, comme ce jour-là, goûter pleinement ces sanglots pour moi toute seule, et que personne n'était présent pour la prendre dans ses bras afin de la consoler et de faire cesser ces sanglots, et enfin parce qu'il s'agissait d'un bébé à qui on ne pouvait rien expliquer.

Alors qu'en parvenant à l'âge adulte, chacun arrive à trouver quelque part un endroit secret pour y cacher angoisse, solitude, peur ou tristesse, les enfants n'arrivent pas à dissimuler, et dispersent tout sous forme de pleurs. Je voudrais lécher tranquillement ces larmes. Je voudrais, en passant ma langue sur cet endroit fragile qui suppure, blesser encore plus profondément le cœur humain.

Le vent sec soulevait les cheveux follets de Rie. Depuis un moment, le soleil remplissait le ciel sans faiblir, comme si le temps s'était arrêté. Rie pleurait à perdre haleine.

Dès que je sortis de derrière la porte, elle se mit à crier encore plus fort et se précipita sur moi, ses cuisses qu'elle avait comme du beurre toutes tremblantes. Alors que je la soulevais en la tenant bien serrée dans mes bras, ses pleurs se changèrent en hurlements de colère comme si elle me demandait la raison pour laquelle je l'avais laissée seule. Puis elle frotta ses joues trempées de larmes et de morve sur ma poitrine. Cette étrange odeur si particulière aux bébés imprégna alors mes vêtements.

Quand de jeunes enfants se mettent à pleurer, ils se précipitent toujours dans les bras de quelqu'un. Ils ont envie d'être serrés sur une poitrine large et confortable. Ils savent, bien que personne ne leur ait appris, que cela leur permet de se calmer dans de bonnes conditions. Cette insolence puérile me rend encore plus cruelle.

Se peut-il que mon désir d'être enveloppée par les muscles de Jun sur le plongeoir soit lui aussi en liaison avec cette impulsion insolente que même les bébés connaissent ?

Je jetai un coup d'œil à la poterie de Bizen abandonnée en bordure du taillis voisin. Elle servait avant de décoration au bout d'un couloir de l'institut mais depuis que, tombée lors d'un tremblement de terre, elle s'était fendue, on l'avait oubliée là. C'était une grande jarre qui arrivait à la hauteur de la poitrine d'un adulte. Tout en frottant le dos de Rie dont la respiration était agitée, je me tenais devant la jarre. J'enlevai la planche de bois à moitié cassée qui lui servait de couvercle et laissai doucement glisser le corps de Rie à l'intérieur.

Je voulais entendre encore des sanglots de bébé. Je voulais goûter toutes sortes de pleurs.

Rie recroquevilla ses deux jambes comme si elle était prise de convulsions et s'accrocha désespérément à mon bras. Elle était terrorisée.

"Ne t'en fais pas. Tu n'as pas à avoir peur."

Je dégageai ses doigts menus de mon bras.

Il faisait sombre et froid à l'intérieur de la jarre. Rie se débattait violemment et criait à perdre haleine, mobilisant toute l'énergie dont son corps était capable. Après s'être répercutés sur la paroi intérieure de la poterie, ses hurlements n'en faisaient plus qu'un, qui s'écoulait avec souplesse à l'intérieur de moi comme du métal en fusion. Je maintenais fermement des deux mains la jarre au niveau de son orifice pour éviter qu'elle ne se renverse, tout en observant calmement les efforts inutiles qu'elle déployait pour essayer d'en sortir.

Depuis ma naissance à l'institut Hikari, je n'avais cessé d'entendre quotidiennement quelqu'un pleurer. Entre les plaisanteries, les disputes, les rires ou les cris de colère, on distinguait toujours des pleurs. J'essayais désespérément de les aimer. Car j'étais une orpheline que personne ne voulait adopter. Parce que j'étais la seule parmi les orphelins à ne pas pouvoir quitter l'institut.

Aujourd'hui, les pleurs affolés de Rie me mettaient particulièrement de bonne humeur. J'avais l'impression d'être caressée dans le bon sens par des mains expertes. Des mains spéciales, qui n'hésitaient pas. Des mains un peu froides, habiles à consoler.

Je n'entendais rien en dehors des cris de Rie. Elle tendait ses bras de toutes ses forces pour que je la prenne.

"Pleure encore un peu, tu veux ?"

Mon monologue se perdit à l'intérieur de la jarre. Le menton appuyé sur l'ouverture, je regardais les mains de Rie qui s'agitaient, tremblantes, en contenant le rire qui montait de ma gorge. Je restai ainsi longtemps à goûter ses larmes.

Cette nuit-là, après avoir plongé dans le sommeil, je me réveillai soudain brusquement, sans aucune raison apparente. Je n'avais ni trop chaud, ni fait un mauvais rêve. J'avais les idées claires comme si ce n'était pas vrai que j'avais dormi. Seuls mes sens semblaient lumineux dans la pénombre floue.

Tout était si calme que j'avais l'impression d'entendre la respiration régulière des enfants qui dormaient de l'autre côté de la porte. Reiko elle aussi semblait dormir profondément. Elle se retourna d'un seul coup et le lit se mit à trembler sur ses montants. Je rapprochai le réveil qui se trouvait à mon chevet : il était deux heures du matin.

J'avais dormi deux heures à peine, et pourtant je me sentais aussi fraîche que si j'avais pris un repos suffisant. Il me semblait que j'aurais pu résoudre n'importe quelle équation, aussi compliquée fût-elle, ou traduire n'importe quel texte anglais. Je n'arrivais pas à croire que les heures qui me séparaient du matin fussent aussi longues.

A cet instant, au milieu du calme qui se fondait dans l'obscurité, je perçus un imperceptible bruit d'eau. Un bruit clair de gouttes qui s'entrechoquent. Un bruit mesuré qui menaçait de disparaître si je n'y prêtais pas suffisamment attention. Alors que je tendais l'oreille en imaginant les gouttelettes d'eau pure, je me sentis dans une forme encore plus éblouissante.

Je sortis de mon lit pour aller jeter un coup d'œil à la fenêtre. Tout était immobile. Tout dormait : les ginkgos, le "précepte de la semaine", la chaîne rouillée qui maintenait le portail ouvert. Seul le lointain bruit de l'eau vibrait au creux de mon oreille. Je sortis silencieusement de la chambre pour me laisser guider par lui.

Comme le palier n'était éclairé que par un seul tube fluorescent, le couloir était à peine plus lumineux que la chambre. Les portes des quatre chambres d'enfants étaient fermées, silencieuses. Les lames du parquet qui collaient à mes pieds nus étaient froides.

Le bruit d'eau se précisait au fur et à mesure que je descendais l'escalier. J'arrivai au bout du couloir le plus long de l'institut Hikari, celui qui conduisait à la salle à manger du sous-sol. Au milieu de la zone d'ombre qui se poursuivait vers le fond se découpait une portion vaguement plus lumineuse d'où provenait le bruit de l'eau. Je me rendis compte aussitôt que Jun se trouvait là.

Il lavait ses maillots de bain au lavabo à quatre robinets qui se trouvait en face des toilettes.

"Que fais-tu ici en pleine nuit ? lui demandai-je, les yeux fixés sur ses mains mouillées et savonneuses.

— Excuse-moi. Je t'ai réveillée ?"

Même là dans l'obscurité, en pleine nuit, sa voix était étonnamment fraîche, respirant la franchise. Il n'avait pas du tout l'air d'avoir sommeil.

"Quand je lave mes maillots en pleine nuit comme en ce moment, je me concentre tranquillement sur mes plongeons.

— Tes plongeons ?

— Oui. Je pense au rythme de la course d'élan sur le tremplin, au moment où je saute, ou encore à l'impact, des choses comme ça, quoi."

Pendant qu'il parlait, ses mains continuaient à s'activer.

"En s'entraînant à visualiser plusieurs fois le geste parfait, on arrive à plonger comme on l'a imaginé."

Il lavait soigneusement ses maillots, en les frottant sur les carreaux et en les retournant. Je chérissais ses doigts qui remuaient avec énergie. Quand j'étais avec lui, je me demandais sans arrêt pourquoi tant de pureté émanait de lui.

"Tu aimes plonger, n'est-ce pas ?"

C'était la seule chose qui m'était venue à l'esprit.

"Oui, j'aime."

Les mots qu'il venait de prononcer se répercutaient en moi où ils n'en finissaient pas de disparaître. Je me disais que s'ils m'avaient été uniquement destinés, ils m'auraient certainement apaisée.

"Parce qu'au moment où je plonge, j'oublie tout pendant quelques dixièmes de seconde."

Il est vrai que c'était entre l'instant où il quittait le plongeoir et celui où il arrivait au contact de l'eau que Jun était le plus beau. Tout, même ses paroles et ses gestes si doux, était entraîné dans sa chute, auréolé de ses muscles magnifiques. Un murmure au fond de moi disait que c'était pour cela que je le regardais toujours à la piscine.

Nos silhouettes en pyjama se reflétaient sur les quatre miroirs. Dans toute la maison, seul l'air qui nous entourait semblait vivant. De l'autre côté de la fenêtre comme au bout du couloir tout était noir et la lumière était concentrée ici. J'avais l'impression que nous étions tous les deux en train de vivre un moment privilégié.

Le devant du pyjama de Jun était humide des gouttelettes qui avaient giclé. Je pouvais facilement imaginer la ligne de ses muscles, même dissimulés par le pyjama flottant. J'étais comme une enfant effrayée désirant être secourue par ses muscles.

"Je vais t'aider."

J'avais parlé avec entrain pour changer d'humeur, car j'avais l'impression que si j'étais restée plus longtemps silencieuse, j'aurais été accablée par le désir que je sentais monter vers lui.

"Merci."

J'ouvris le robinet le plus proche pour rincer les maillots pleins de mousse. Comme ce moment particulier qui nous appartenait risquait d'être anéanti si nous faisions trop de bruit, je ne faisais couler que très peu d'eau. Il y avait en tout cinq maillots, et je me souvenais de chaque. Il y avait celui acheté lorsqu'il était entré au club, celui qui avait été fourni par ce même club lors des compétitions de l'année précédente et celui que les enfants lui avaient offert peu de temps auparavant pour son anniversaire. J'étais capable de les reconnaître tous.

Etre ainsi les mains dans l'eau si près de lui que je l'entendais respirer me plongea bientôt dans un état proche de la mélancolie. Mais peut-être étais-je tout simplement heureuse d'avoir entre les mains le maillot qui d'habitude serrait ses muscles. Je me souvenais de mon enfance, quand nous nous amusions avec innocence et que je n'accordais aucune signification particulière à son corps.

"Tu te souviens du jour où il y a eu de la neige dans le couloir ?"

Je lui avais posé la question les yeux fixés sur la mousse qui coulait sur les carreaux.

"De la neige ? Dans le couloir ?"

Jun s'était légèrement tourné vers moi pour me regarder, incrédule.

"Oui. Il y a environ dix ans. Ce jour-là, j'avais fait un rêve très amusant et je m'étais réveillée de très bonne heure. Je me suis aperçue, en jetant un coup d'œil par la fenêtre, qu'il avait beaucoup neigé. Tout était blanc, je n'avais jamais vu ça auparavant. Dans les chambres des enfants, personne n'était encore réveillé. J'ai sauté de mon lit en réprimant un cri de surprise et je me suis précipitée pour descendre l'escalier en courant. Ce couloir était tout blanc. D'un bout à l'autre. La neige s'était accumulée dessus.

— C'est vrai ? Je ne m'en souviens pas. Mais pourquoi est-ce qu'il y avait de la neige à l'intérieur ?

— Il y avait des fentes dans le toit. C'est par là que la neige s'était infiltrée comme si c'était de la pluie. Je me souviens aussi que quelqu'un est venu réparer le toit quand la neige a été fondue. Tu ne t'en souviens toujours pas ?"

Jun fit non de la tête avant d'ajouter :

"Il me semble pourtant que la mémoire ne va pas tarder à me revenir.

— Fais un effort. C'est trop dommage d'oublier une scène pareille. C'était un spectacle très étrange. Il y avait de la neige à l'intérieur de la maison, tu te rends compte ? Personne n'avait encore marché dessus, et la blancheur immaculée était éblouissante comme du cristal."

Après avoir essoré énergiquement le premier maillot que je venais de finir de rincer, je le déposai devant le miroir. Jun m'en mit un deuxième, plein de mousse, dans les mains.

"J'étais tellement surprise que je suis restée là, debout au bout du couloir, émerveillée à ne savoir que faire. Tout était calme. J'avais l'impression d'être la seule au monde à être éveillée. Mais ce n'était pas vrai. Quelqu'un d'autre regardait l'extraordinaire spectacle de ce couloir enneigé.

— Qui ?"

Je sentis sa voix et son regard buter contre mon épaule.

“Toi. Toi, Jun. Tu étais arrivé derrière moi et je ne m’en étais pas aperçue. Tu avais l’air d’être là depuis longtemps. Tu portais ton pyjama bleu imprimé d’abeilles et de petits ours.”

Jun s’arrêta un instant, avant de lâcher :

“Tu avais un pyjama à pois ?

— Oui. Nous étions tous les deux debout, en pyjama. Comme aujourd’hui.”

Je posai le deuxième maillot devant le miroir.

La douceur et la fraîcheur de la neige se transmettaient à mes plantes de pied. Cette fois-là aussi nous avions bénéficié d’un moment privilégié, seuls tous les deux. J’avais eu l’impression de rêver en un lieu fort éloigné de la réalité, mais avec la sensation très aiguë du contact avec la neige et de moi jouant avec Jun. J’étais heureuse d’être seule avec lui dans un endroit particulier. Peut-être l’étais-je d’autant plus que j’appartenais bien plus qu’aujourd’hui au monde de l’enfance. Je n’avais pas encore l’expérience du chagrin ni de l’angoisse.

“Au début, tu m’as proposé de plonger. Comme je reculais parce que j’avais peur, tu m’as dit qu’il n’y avait aucun danger et que c’était certainement très agréable avant de te laisser tomber de tout ton long. Alors la forme de ton corps s’est imprimée très nettement dans la neige. Nous avons ri tous les deux, tu te souviens ? A voix basse, pour que notre jeu secret ne soit surpris par personne. Et puis tu m'as poussée pour que je plonge moi aussi. Je ne me suis pas fait mal. Les flocons me remplissaient les yeux.

— Nous nous sommes bien amusés ce matin-là.

— Oui, vraiment."

Jun venait de parler comme si un tel jeu ne se reproduirait plus jamais. Il avait raison. Il était très difficile d'imaginer de quelle manière nos relations allaient évoluer dans l'avenir. Quand je pensais à ces choses-là, j'étais toujours envahie de tristesse.

Je ne croyais pas qu'il nous fût possible, dans dix ans, d'évoquer avec attendrissement cette nuit au cours de laquelle nous avions lavé les maillots de bain. Les enfants de l'institut Hikari s'en allaient tous les uns après les autres, me laissant seule. Postée derrière la fenêtre de ma chambre, j'en avais vu partir un nombre incroyable. Il n'était pas impensable que le prochain dos d'enfant vêtu de neuf qui tournerait au coin du "précepte de la semaine" sous le regard bienveillant de sa nouvelle famille fût celui de Jun. C'est pour cela que je voulais me réjouir maintenant de pouvoir ainsi me souvenir d'une scène qui nous appartenait à tous les deux.

Je lavais les maillots le plus soigneusement possible, comme si le fait même de m'y appliquer pouvait purifier le sentiment de cruauté que j'avais éprouvé dans l'après-midi en faisant pleurer Rie. Avec Jun, je me devais d'avoir l'air aussi pur que lorsque je m'étais trouvée à ses côtés, émue par la neige qui s'était accumulée dans le couloir. Parce que Jun ne plongeait sans doute que dans une eau très pure. Et parce que je voulais qu'il me traverse sans faire d'éclaboussures.

Quand nous eûmes terminé notre évocation du passé, nous ne trouvâmes plus rien à nous dire. Le bruit des heures qui dégringolaient entre nous s'était substitué au bruit de l'eau qui continua de s'écouler en un mince filet jusqu'à l'aube.

Le printemps disparut en un clin d'œil, et soudain il y eut la pluie tous les jours. Une pluie faible comme le bruit d'ailes d'un insecte, qui trempait la végétation du jardin de l'institut. Les jours languissaient au cœur de cette pluie mélancolique et intermittente qui n'en finissait pas. A l'école en général j'étais distraite, et je n'arrivais à sortir de ma torpeur que pour adresser un sourire à Jun quand je le rencontrais par hasard à la boutique de fournitures ou à la bibliothèque. Quand les cours étaient terminés, j'allais directement au stade où se trouvait la piscine. Ce n'était que lorsque je me retrouvais assise dans les tribunes que je sentais mes sens se réveiller enfin.

La vie à l'institut était elle aussi d'une monotonie écœurante. Il y avait toujours l'agitation débordante des enfants, les dîners avec ma mère excitée et bavarde, et la grosse Reiko sur la couchette du haut de notre lit.

Depuis le commencement des pluies, toutes sortes de moisissures envahissaient le réfectoire au sous-sol de l'institut. Le petit pain du goûter que quelqu'un avait laissé se retrouva le lendemain parsemé de bleu, tandis que la tarte aux pommes faite par la cuisinière fut couverte de blanc au bout de trois jours. Ces nourritures d'aspect grotesque jetées dans les poubelles en plastique réveillèrent ma tendance à la cruauté. Si j'enfermais Rie dans la poubelle, hurlerait-elle encore de frayeur comme la dernière fois ? Allait-elle pleurer et pleurer encore jusqu'à être trempée de larmes, de transpiration et de morve et qu'au bout d'un moment ses cuisses veloutées se couvrent de moisi comme un duvet teint avec une poudre colorée ? Chaque fois que j'apercevais la poubelle au sous-sol, j'imaginais des moisissures se développant sur ses cuisses.

Un dimanche après-midi, je me trouvais dans la salle de jeux. Trois enfants qui n'avaient pas encore l'âge d'aller à la maternelle étaient en train de s'amuser au milieu des jouets. Rie était au milieu d'eux.

Un typhon qui n'était pas de saison venait de traverser la mer du Japon, et il ne pleuvait pas mais le vent était violent. J'écoutais le bruit de la tempête, assise sur une chaise près de la fenêtre.

Une dispute se produisit au sujet d'un jouet, et Rie se mit à pleurer. Je m'éloignai de la fenêtre pour la prendre dans mes bras. Tout en hoquetant, elle glissa ses doigts dans une fente de mon corsage entre deux boutons. Quand elle voulait faire un câlin, elle avait souvent le réflexe de partir ainsi à la recherche d'une poitrine accueillante de ses doigts malhabiles.

"N'allez pas jouer dehors aujourd'hui. Le vent vous emporterait", dis-je aux deux autres enfants avant d'emmener Rie dans ma chambre.

Reiko était partie rendre visite à ses parents à l'hôpital psychiatrique, à trois heures de train. Rie qui avait tout de suite retrouvé sa bonne humeur cherchait à prendre, parmi toutes les choses empilées sous le bureau de Reiko, des cassettes d'anglais, des trophées rapportés de voyages de classe, ou encore une lampe de poche dont les piles étaient usées. Avait-elle oublié à quel point je l'avais fait pleurer en l'enfermant dans la poterie du jardin ? Je me posais la question en regardant son dos.

La végétation qui cernait l'institut, violemment secouée, faisait un bruit épouvantable. Le vent qui s'abattait sur nous me semblait d'autant plus violent. Il nous recouvrait entièrement.

A moitié dissimulée sous le bureau, Rie prenait tout ce qui lui tombait sous la main pour le porter à sa bouche. Ses cuisses qui me faisaient penser à du beurre étaient collées au sol. Je regardais toujours les enfants de cet âge comme s'ils étaient des êtres à part. Mon regard ressemblait alors à celui que je posais sur les animaux étranges du parc zoologique. J'avais envie de les caresser, de leur donner de la tendresse, mais je ne savais pas comment m'y prendre. Contrairement au corps de Jun sur son plongeoir qui me mettait instinctivement à l'aise, les enfants en bas âge et les animaux exotiques me glaçaient.

J'aperçus une petite boîte en carton blanche qui dépassait du tiroir entrouvert de mon bureau. C'était un reste de choux à la crème que j'avais mangés trois ou quatre jours plus tôt.

Ce jour-là aussi une pluie fine tombait depuis le matin. Le stade, entouré d'une allée plantée de peupliers, était obscurci par le rideau de pluie. J'avais marché tout en réfléchissant au degré de difficulté et à la forme du plongeon que Jun avait travaillé ce jour-là. Il n'y avait personne ni sur le terrain de football, ni sur celui de base-ball et seul me parvenait le bruit des voitures qui roulaient au-delà des peupliers.

Une nouvelle pâtisserie venait d'ouvrir à la sortie du stade, de l'autre côté du passage clouté. On aurait dit une serre, avec ses murs et son plafond de verre. Les vitres étaient si transparentes qu'on distinguait très nettement les spatules pour la décoration des gâteaux, les poches à chantilly et les maniques qui se trouvaient dans la cuisine derrière la vitrine réfrigérée. Des couronnes de fleurs avaient été dressées de part et d'autre de l'entrée pour l'inauguration.

Je ne savais pas trop pourquoi j'avais décidé d'y entrer. Je n'avais pas vraiment faim. Simplement, mon regard avait été irrésistiblement attiré par tout ce clinquant, au milieu de la pluie grise comme un rideau de suie. Peut-être cette vitrine avait-elle évoqué en moi l'éclat de la surface de l'eau de la piscine.

L'intérieur de la boutique était presque trop lumineux. Il n'y avait personne à part moi. L'heure de la fermeture était proche, et il ne restait plus beaucoup de gâteaux dans la vitrine réfrigérée. La paroi de verre en était étincelante.

Tous les gâteaux sans exception étaient comme de fines réalisations en papier. Je me penchai pour les regarder un à un. Une jeune vendeuse, avec son tablier plein de dentelles, attendait ma commande en souriant. Pointant le doigt sur trois choux à la crème qui semblaient abandonnés dans le coin gauche de la vitrine, je lui dis :

“Donnez-moi les trois, s'il vous plaît.”

La jeune fille aux dentelles prit les trois malheureux choux pour les disposer avec des précautions exagérées dans une boîte qu'elle enveloppa, avant d'y coller une étiquette et d'y nouer un ruban.

Ce ne fut pas très facile pour moi de les porter en plus de mon parapluie et de mon cartable. Je fus obsédée par cette petite boîte pendant tout le trajet de retour à l'institut.

Nous en avions mangé chacun un, Reiko et moi. Après m'avoir remerciée d'une manière exagérément polie comme à son habitude, Reiko l'avait avalé avec fébrilité, perchée sur sa couchette. J'avais laissé le troisième dans sa boîte, que j'avais rangée dans le tiroir du bas de mon bureau.

A chaque fois que j'ouvrais ce tiroir, j'apercevais cette boîte qui n'était pas à sa place parmi les équerres, les agrafeuses ou les liasses de photocopies, mais j'avais complètement oublié le chou à la crème.

Je pris la boîte avec précaution, comme si je manipulais un objet fragile. Je m'attendais à quelque chose de plus lourd, et elle me surprit par sa légèreté. Je l'ouvris, pensant trouver une prolifération de moisissures peu engageantes mais le chou à la crème avait gardé le même aspect. La croûte était toujours aussi rebondie et d'une belle couleur dorée.

"Rie, viens ici. J'ai quelque chose pour toi."

Elle se retourna, et lorsqu'elle se rendit compte de ce qu'il y avait à l'intérieur de la boîte, se précipita sur mes genoux avec toute l'ardeur de son innocence.

C'est en le coupant en deux que je compris enfin ce qu'il avait de particulier. Le parfum de l'œuf, du sucre et du lait avait été remplacé par celui, un peu aigrelet, du pamplemousse encore vert. Quand Rie plongea ses lèvres dans la crème, une odeur acide se répandit autour de nous. Alors que cela suffisait à me lever le cœur, les lèvres, la langue et la gorge de la candide Rie s'empressaient d'avaler le chou. La ferveur qu'elle déployait me fut insupportablement délicieuse.

"C'est bon ?"

Ma voix se perdit dans le bruit du vent.

J'écrasai la moitié du chou à la crème que Rie avait laissée en même temps que la boîte en carton et jetai le tout dans la poubelle en plastique au sous-sol.

Le vent souffla de plus belle pendant la nuit. Il faisait lourd et je n'arrivais pas à dormir. Dès que je m'assoupissais, la chaleur étouffante me tirait de mes rêves. Si j'ouvrais la fenêtre, le vent chargé d'humidité me faisait transpirer davantage. A son retour de l'hôpital psychiatrique, Reiko avait grignoté trois ou quatre chocolats de fabrication étrangère que ses parents avaient dû lui offrir, avant de s'endormir aussitôt sans même se laver les dents. Sa respiration apathique m'éloignait encore plus du sommeil.

Au moment où je m'apprêtais à regarder mon réveil pour voir combien de temps s'était écoulé, je perçus le bruit de pas d'un adulte dans le couloir. Une porte s'ouvrit quelque part puis se referma, et j'entendis des murmures inquiets. Je repoussai d'un coup de pied ma couverture moite et je défis un bouton supplémentaire du devant de mon pyjama. Les yeux fixés sur les lattes de la couchette du haut, j'essayais de saisir le sens de ces chuchotements. Je n'avais plus du tout sommeil, et mes nerfs étaient à vif.

Un peu plus tard, je distinguai la voix de ma mère au milieu du brouhaha. Comme d'habitude elle détonnait dans la gravité ambiante, aiguë, pleine d'excitation et de suffisance. Grâce à cette voix dont j'étais si souvent lasse, je compris tout.

Je me souvenais comme d'un rêve fait autrefois de la mollesse du chou à la crème quand je l'avais écrasé dans son carton et de la manière dont il s'était mêlé aux restes de nourriture grotesques contenus dans la poubelle. C'était un souvenir lointain et vague, et il ne serait pas étonnant que je l'oublie un jour ou l'autre.

Mais la rumeur extérieure s'était peu à peu amplifiée, au point qu'il n'était plus possible de l'ignorer. Reiko qui avait pourtant le sommeil profond se réveilla et se pencha par-dessus sa couchette.

"Que se passe-t-il ?"

Ignorant sa question, je me levai. Je sentais mon corps se durcir bizarrement ici ou là. Je devais être assez fatiguée par toutes ces heures durant lesquelles je n'avais pas réussi à dormir, alors que j'aurais dû.

J'ouvris la porte et me retrouvai dans le couloir inondé de lumière, car toutes les lampes étaient allumées. Je fus incapable d'ouvrir aussitôt les yeux, tellement ils me faisaient mal.

"Aya-chan, Aya-chan, c'est épouvantable ! Rie-chan a eu une violente diarrhée accompagnée de vomissements, et elle est complètement épuisée. Elle a beaucoup de fièvre, ses lèvres sont toutes sèches, et en plus elle a une drôle d'éruption sur la peau. Je me demande ce qui s'est passé, vraiment. Je voulais appeler une ambulance, mais ton père a dit qu'il valait mieux prévenir le professeur Nishizaki, tu sais, celui dont la clinique est près de la gare et qui est un de nos fidèles. Il trouve qu'ainsi on aura plus de chances d'obtenir la protection divine. Alors on est en train de téléphoner. Et il fallait que ça arrive en pleine nuit, quelle histoire ! Il ne reste plus qu'à s'en remettre à Dieu, Aya-chan."

Elle avait parlé d'une seule traite, en retenant les pans de sa vieille chemise de nuit sur sa poitrine. La puéricultrice de garde et les autres employés qui vivaient à l'institut étaient debout autour d'elle, l'air ensommeillé et hagard, auquel se mêlait une pointe d'angoisse. Sa voix et sa respiration pleines d'excitation avaient dépassé les limites et on aurait dit qu'elle s'amusait. – Pourquoi continuer à jacasser alors que je ne t'écoute pas ? Tu n'as pas besoin de te lancer dans de grandes explications, je sais ce qui se passe – pensai-je en portant ma main à mes yeux douloureux.

A ce moment-là, Jun arriva en haut des escaliers.

"On a réussi à joindre le professeur Nishizaki. Il a demandé qu'on la lui amène tout de suite", dit-il en entrant dans la chambre des enfants, et il en ressortit presque aussitôt avec Rie dans les bras. Elle était comme un paquet de chiffons mouillés. Des petites tachės roses parsemaient ses joues, ses mains et ses cuisses. C'était comme si le chou à la crème pourri avait corrompu ses viscères, donnant ainsi naissance à des moisissures roses.

Jun descendit l'escalier en courant avec Rie dans les bras. Tout le monde le suivit. Mon père attendait devant l'entrée, au volant de sa voiture dont le moteur était sous pression. Jun s'engouffra à l'intérieur, sans lâcher Rie.

Je me faisais dix fois plus de souci pour Jun que pour Rie. Je n'arrivais pas à détacher les yeux de ses gestes vifs et décidés, empreints de franchise. Je me contentais de regarder la scène distraitement alors que j'étais la cause des malheurs de Rie, tandis que lui l'entourait tendrement dans ses bras robustes. Cela m'était insupportable. Sa pureté m'était incroyablement précieuse.

S'il arrivait quelque chose d'imprévu, par exemple lorsque j'étais tombée dans la rivière, quand il y avait eu un incident à la cuisine, ou que les étagères à vaisselle s'étaient renversées au cours d'un tremblement de terre,

Jun trouvait toujours la meilleure solution pour rassurer tout le monde. Je me demandais pourquoi il pouvait être si gentil, et cela me rendait mélancolique.

Le bruit du moteur couvrit celui du vent dans la nuit.

La voiture avançait déjà, et ma mère criait toujours, tandis que les autres retournaient dans leur chambre en silence :

"Faites-moi savoir tout de suite ce qu'il en est. J'attendrai à côté du téléphone. Si jamais on devait l'hospitaliser, il faut que je prépare ses affaires. Alors n'oubliez pas, toi ou Jun, de téléphoner.

— J'espère que ce n'est pas grave", ajouta-t-elle en se tournant vers moi, mais je me contentai de lui répondre d'un vague hochement de tête, car je voulais penser tranquillement à Jun dans le vent de la nuit.

Evidemment, j'étais encore venue à la piscine. Elle m'attirait encore plus quand j'avais auparavant goûté la cruauté jusqu'à satiété. Il me semblait que la réverbération des vaguelettes sur le plafond vitré, l'odeur d'eau propre, et plus encore le corps mouillé de Jun me purifiaient de toute méchanceté. Je voulais être aussi pure que lui, même si cela ne devait pas durer.

Finalement, Rie avait été hospitalisée sur-le-champ. Après avoir tout vomi, elle avait paraît-il dormi, aussi raide qu'une momie, pendant deux jours d'affilée. En écoutant les explications détaillées de ma mère qui se rendait quotidiennement à l'hôpital pour s'occuper d'elle, je me disais que toute trace du chou à la crème avarié avait maintenant disparu.

Qu'aurais-je décidé de faire si elle mourait ? Comment me serais-je arrangée pour trouver une cohérence à mon acte ? Je ne savais pas très bien. Je ne comprenais pas d'où venait ce besoin de faire du mal. C'est pour cela que je regardais les bras, la poitrine et le dos de Jun, sans aucun regret alors que Rie était vaincue, terrassée par la douleur.

Il faisait toujours aussi chaud à l'intérieur de la piscine. Le clapotis de l'eau mêlé aux voix des gens montait comme de la brume. Il n'y avait personne d'autre dans les tribunes. A côté, la piscine pour les compétitions et plus loin celle des enfants étaient beaucoup plus bruyantes que celle-ci. Le bassin réservé au plongeon résonnait uniquement de la répétition du choc bref qui trouait la surface de l'eau à intervalles réguliers.

Le maillot de Jun était bleu marine, avec l'écusson de son école brodé à la ceinture. C'était l'un de ceux que nous avions lavés ensemble tout en évoquant le jour où la neige avait recouvert le couloir. Il était suffisamment imbibé d'eau pour être bien ajusté à sa taille. Pendant qu'il marchait vers l'extrémité du plongeoir, Jun avait l'habitude de tirer sur la bande enroulée autour de ses poignets. Puis il prenait tout son temps pour déterminer la position de ses pieds.

"Double saut périlleux et demi arrière carpé."

C'était un beau plongeon. Son corps avait transpercé l'eau à angle droit et n'avait pratiquement provoqué aucune éclaboussure. Après un léger bouillonnement, la surface retrouva aussitôt son calme.

Je préférais les plongeons carpés aux vrilles ou aux groupés. Cette position où le corps était plié en deux à partir du bassin et où les jambes étaient droites jusqu'au bout des orteils était superbe, car tous ses muscles étaient tendus à l'extrême. Son front effleurait légèrement ses tibias, ses mains étaient posées sur l'arrière de ses genoux, et j'aimais l'élégance qui en résultait.

Quand les jambes de Jun tombaient en dessinant un cercle parfait comme celui d'un compas, je pouvais sentir son corps à l'intérieur du mien. Il glissait en une longue caresse intérieure. C'était beaucoup plus intime, chaud et rassurant qu'une étreinte. Je le savais, et pourtant il ne m'avait jamais prise dans ses bras.

Je soufflai un grand coup et recroisai les jambes. Les autres membres du club plongeaient l'un après l'autre et dans l'intervalle, on entendait les remarques de l'entraîneur à travers son porte-voix. Dans le bassin d'à côté, l'autre équipe se consacrait exclusivement à la natation. Une jeune lycéenne qui jouait le rôle d'instructeur était en train de mesurer les temps intermédiaires avec un chronomètre, la moitié du corps dépassant sous les bornes de départ. Tout le monde travaillait sans relâche. J'étais la seule à ne rien faire.

J'étais simplement en train de me remettre de mes émotions.

Ce ne fut que lorsque j'arrivai dans le hall d'entrée où se trouvaient les distributeurs automatiques, après avoir suivi le couloir qui en sortant du bassin de plongeon passe devant les vestiaires, que je me rendis compte qu'il pleuvait. Quand j'étais à la tribune, les remous de l'eau dans les bassins m'avaient empêchée d'entendre la pluie tomber dehors. Comme un mince soleil avait brillé toute la journée, je restai hébétée devant un changement de temps aussi brutal. De plus il s'agissait d'une précipitation peu ordinaire. Le rideau de pluie recouvrait entièrement le stade. L'allée de peupliers, le tableau d'affichage du terrain de base-ball et la pelouse de celui de football disparaissaient, noyés dans la grisaille. Sur le sol, les éclaboussures provoquées par les gouttes rejaillissaient comme des jets d'eau.

J'étais debout devant la porte automatique sans savoir quoi faire. Courir jusqu'à la gare me prendrait bien au moins cinq minutes et, avec cette pluie, il ne me faudrait pas plus de cinq secondes pour être complètement trempée. Imaginer que je puisse prendre le train à l'heure de pointe dans mon uniforme mouillé me donnait le cafard.

Le canapé du hall était encombré de gens qui eux aussi regardaient la pluie d'un air absent. Certains groupes partaient après avoir appelé un taxi à partir de la cabine téléphonique.

Finalement, je franchis la porte automatique et me retrouvai dehors. L'odeur de la pluie me frappa. Elle était chargée de terre mouillée. Je m'assis sur la marche abritée sous l'auvent. Des gouttes d'eau qui rebondissaient sur le sol éclaboussaient parfois mes chaussettes.

Jun devait être en réunion au bord de la piscine, à moins qu'il ne fût en train de prendre sa douche. Je me demandais si la pluie aurait cessé quand il sortirait. Avec quel visage devrais-je lui faire face s'il me trouvait là, abandonnée ? Il arriverait sans doute avec la fraîcheur qui lui était habituelle après s'être adonné tout entier à son exercice au plongeoir qu'il aimait tant. Tandis que moi, j'abritais encore des lambeaux de l'éruption rose et des pleurs de Rie qui n'avaient pas réussi à être balayés par l'eau de la piscine.

Je me décidai enfin à m'élancer sous la pluie. A ce moment précis, la voix de Jun m'arrêta :

"Aya-chan !"

Je me retournai et le vis qui me regardait, debout sur la première marche. Son expression était tellement semblable à la fraîcheur que j'avais imaginée qu'il me fallut un certain temps pour trouver mes mots, sous son regard oblique.

"Quelle pluie ! dit-il en regardant au loin.

— Oui."

Nous regardions pensivement le spectacle de la pluie, debout sur la marche. Comme elle était assez étroite, nous étions obligés de nous serrer l'un contre l'autre pour éviter de nous mouiller. Le sac de sport en plastique qu'il avait à la main frôlait ma jambe à travers ma jupe.

J'étais soulagée, comme si je venais d'obtenir son consentement, car il ne m'avait pas demandé pourquoi je me trouvais là. Il pleuvait encore plus fort que tout à l'heure, et on ne voyait plus que la pluie.

"Et les autres membres de ton club ? lui demandai-je en regardant droit devant moi, car nous étions trop proches pour que je puisse me tourner vers lui.

— Ils sont montés dans la voiture de l'entraîneur, me répondit-il, les yeux toujours tournés vers la pluie.

— Pourquoi n'es-tu pas rentré avec eux ?

— Parce que je t'ai vue.

— Ah bon…"

En fait, j'aurais voulu ajouter des remerciements ou des excuses. Mais je ne sais pourquoi, les mots que je lâchai alors furent d'une banalité et d'une réalité déconcertantes.

"Tu as un parapluie ?"

Jun secoua la tête.

"Il pleut tellement fort qu'un parapluie ne nous serait d'aucune utilité. Une pluie aussi violente est si exceptionnelle que nous pouvons rester là encore un peu."

Nous pouvons rester là encore un peu : ses paroles vinrent s'incruster en moi. Je les goûtai lentement. J'avais l'impression qu'elles prenaient des accents qui signifiaient qu'il voulait être là, près de moi.

Un taxi s'arrêta, dont les essuie-glaces faisaient un bruit déchirant. Quelques écoliers qui venaient de terminer leur cours de natation, accompagnés de leur mère, franchirent la porte automatique en sautillant pour s'engouffrer à l'intérieur. Leurs pas précipités, comme le bruit du moteur, furent effacés par la pluie. Seuls le souffle de Jun et le bruit du tonnerre qui grondait dans le lointain parvenaient jusqu'à moi à travers la pluie.

Un éclair fulgurant courait parfois à la limite du ciel et de l'allée de peupliers. Nous le regardions à chaque fois en étouffant un cri. La lumière était belle et fugitive, sans aucune violence. Nous attendions avec impatience comme si nous assistions à un feu d'artifice, les yeux tournés vers les peupliers qu'on devinait à peine, pour savoir où éclaterait le prochain.

L'épaule droite de Jun était trempée par la pluie. Sa chemise blanche d'uniforme collait à sa peau. Mais il ne s'en souciait pas et attendait l'éclair suivant avec l'enthousiasme d'un gamin.

Quand j'étais avec lui, je me souvenais de mon enfance. Des scènes où nous étions seuls tous les deux à l'institut se bousculaient dans ma mémoire. J'étais la seule à connaître celui à qui j'avais fait téter du lait de figuier, celui qui était à mes côtés le jour où nous avions joué dans le couloir recouvert de neige. J'avais gardé comme de précieuses lettres l'expression qu'il avait alors, et que ni ses amis de l'école, ni les membres de son équipe de plongeurs, ni les enfants de l'institut Hikari ne connaissaient. Et de temps en temps, je sortais ces lettres de leur enveloppe pour les regarder après les avoir dépliées avec soin pour ne pas les abîmer.

Mais je ne m'étais pas aperçue que les lettres qui étaient en ma possession se voilaient peu à peu. Depuis quand de nouvelles enveloppes ne venaient-elles plus s'ajouter aux autres ? Depuis que Jun et moi avions cessé d'être des enfants ? Il me semblait que c'était à partir du moment où j'avais commencé à penser à lui avec angoisse comme maintenant.

Au fur et à mesure que l'orage s'éloignait, les éclairs se faisaient plus discrets. Mais la pluie ne faiblissait pas pour autant. C'était maintenant toute la manche de la chemise de Jun qui était trempée. Je m'inquiétais pour son bras droit qui était peut-être déjà engourdi par le froid.

“Rentrons à l’intérieur”, lui proposai-je en le prenant par le coude. Il acquiesça après avoir regardé un dernier éclair.

Nous traversâmes le hall pour retourner près du bassin. Plus personne ne plongeait. Plusieurs employés en maillot de bain et T-shirt nettoyaient en passant le balai à franges sur le plongeoir, le tremplin et le bord du bassin. L’éclairage avait été réduit de moitié, et cela donnait un tout autre aspect à l’ensemble. On avait l’impression que la soirée était beaucoup plus avancée ici que dehors où il pleuvait toujours. Nous étions nonchalamment accoudés à la rampe tout en haut des gradins, et au bout de notre regard tremblotait la surface sombre de l’eau.

“Cela me fait une drôle d’impression, dis-je, les yeux fixés sur son profil.

— Pourquoi ?”

Il avait tourné son visage vers moi.

“Quand je suis là, c’est toujours toute seule. Je suis assise sur les gradins, tu es sur le plongeoir, et je ne connais personne d’autre. Et voilà que ce soir, tu es à côté de moi.

— Tu étais toujours présente à l’entraînement, n’est-ce pas ?”

Grâce à sa manière de s’exprimer, amicale et reconnaissante, je fus capable d’acquiescer avec sincérité.

Je prononçai en mon for intérieur, car j’aurais été incapable de le lui dire en face :
– C’est vrai, je me suis laissé caresser intérieurement par tes muscles quand tu plongeais.

“Après les cours, je viens directement ici et je regarde. Rien d'autre à faire ne me vient à l'esprit. Je n'entreprends rien, je ne me dépense pas, je ne me fatigue pas non plus. Je te fais sans doute l'effet d'être une vieille complètement gâteuse.

— Je crois qu'il ne faut pas te persécuter de cette façon. Tu es en train de chercher ce que tu veux faire. Tu es indécise, c'est tout.

— A ton avis, c'est ça ?

— Oui, je crois.”

Il hocha la tête.

Je ne savais pas du tout si j'étais ou non dans l'incertitude. Et pourtant, le fait que Jun ait été aussi clair dans son affirmation m'avait évité le trouble. Toujours aussi calme, j'essayai de réfléchir à ce que j'avais envie de faire. Cela me semblait à la fois très simple et très compliqué.

Faire pleurer Rie, et regarder les muscles mouillés de Jun.

Uniquement cela. Seules ces deux choses pouvaient me consoler. C'était clair, et pourtant je ne pouvais l'expliquer à personne, surtout pas à lui.

On entendait le frottement des balais à franges. On avait dû actionner le système d'ouverture de la bonde, car le niveau avait sensiblement baissé. On commençait à voir les motifs des parois qui disparaissaient habituellement sous l'eau.

“Toi tu ne donnes pas l'impression d'avoir des incertitudes, lui dis-je en donnant un léger coup du bout de ma chaussure dans mon cartable posé à mes pieds.

— Quand on plonge, on n'a pas le temps de se poser des questions, tu sais."

Il tenait la rampe à deux mains, se balançant comme s'il faisait des tractions.

"Les circonstances de ma naissance sont suffisamment tordues pour que, quand je me retrouve sur le plongeoir, j'aie envie de sauter droit sans hésiter."

Je regardais ses doigts solides qui agrippaient la rampe.

"Tu en veux à tes vrais parents ?

— Non. Comment pourrais-je en vouloir à des gens dont je ne me souviens même plus ?" me répondit-il après un temps mort. J'eus un pincement au cœur, comme si je venais seulement d'apprendre qu'il était orphelin. J'étais triste à l'idée qu'il pourrait manifester toute sa gentillesse ou plonger avec une technique parfaite, cela ne changerait rien au fait qu'il était orphelin. J'aurais voulu réchauffer de mon souffle son épaule trempée.

Au-dessus de nous, la pluie frappait la verrière. Les employés étaient descendus dans le bassin complètement vide à présent, dont ils frottaient le fond. Il était beaucoup plus grand et profond que je l'avais imaginé. On avait éteint les lampes au-dessus des tribunes, et seule la lumière provenant de la piscine nous baignait faiblement. C'était comme si nous nous enfoncions progressivement dans la nuit.

Nous eûmes une conversation décousue au sujet des révisions de mathématiques, de la préparation du voyage de fin d'année ou de l'assemblée générale des élèves. Et de temps en temps, nous levions la tête vers la verrière pour voir où en était la pluie. Elle semblait diminuer peu à peu.

"Je me demande quand Rie va pouvoir sortir de l'hôpital."

Les mots qui étaient sortis de sa bouche tout naturellement au détour de la conversation m'atteignirent comme une épine en plein cœur.

"Moi aussi."

J'eus alors devant les yeux la silhouette de Rie allongée sous les draps froissés, avec sa peluche de Mickey sur son oreiller, telle que je l'avais vue quand j'étais allée lui rendre visite dans sa chambre du service de pédiatrie aux murs décorés de dessins d'enfants.

"C'est toi, n'est-ce pas ?"

Jun avait continué si naturellement que je n'avais pas compris et que je le regardai d'un air interrogateur.

"C'est bien toi qui as rendu Rie malade ?" répéta-t-il sur le même ton. Ce qu'il voulait dire me pénétra comme une scène au ralenti. Son expression comme ses gestes ne me reprochaient rien. Et pourtant, je sentais mes sentiments se glacer à vue d'œil.

"Tu le savais ?"

Ma voix était devenue blanche.

"Oui.

— Pourquoi ?

— Je ne te quittais pas des yeux.”

Cela pouvait être à la fois l’expression d’un amour époustouflant et d’une rupture définitive.

“Je m’en étais déjà aperçu. De ce que tu faisais.”

Jun regardait toujours le fond de la piscine, sans lever les yeux.

“Rie est une pauvre petite à qui sa mère, complètement arriérée, a donné naissance dans les W.-C., tu sais.”

Sa voix basse me faisait frissonner.

S’il m’avait fait de vrais reproches, j’aurais peut-être pu me justifier. Au lieu de quoi, il dénonçait mon secret comme s’il me faisait une déclaration. Alors j’écoutais les battements de mon cœur se précipiter dans ma poitrine, incapable de réagir.

Maintenant, je ne voulais plus qu’il parle. Cela n’aurait fait qu’augmenter ma tristesse. Les pleurs de Rie avaient mis en pièces les muscles de Jun luisant de gouttes d’eau. Tout se mit à tanguer autour de moi, je me vis tomber dans le bassin vide, et ma vue se troubla.

Un silence s’établit entre nous. La rampe des tribunes sur laquelle nous nous étions appuyés était devenue tiède.

“Nous n’allons pas tarder à fermer”, nous cria du fond de la piscine un des employés qui faisait le ménage, au moment où le paysage autour de moi se stabilisait enfin.

"Oui !" répondit Jun d'une voix forte.

"J'espère qu'il ne pleut plus", ajouta-t-il en levant les yeux vers la verrière. Tout en suivant son profil du regard, je pris conscience du fait que je ne pourrais plus rien lui demander. Ni caresses, ni protection, ni chaleur. Il ne plongerait sans doute plus jamais dans ma propre piscine troublée par des pleurs d'enfants orphelins. Des vagues de regrets arrivaient sur moi, doucement mais sans relâche.

"On y va ?"

La main de Jun effleurait mon épaule.

"Où ça ?"

Mon épaule me brûlait.

"A l'institut, bien sûr."

Sa voix parvenait jusqu'à moi à travers mon épaule. J'acquiesçai, tout en réalisant que c'était un châtiment bien cruel de devoir rentrer tous les deux au même endroit.

Ouvrage réalisé
par les Ateliers graphiques Actes Sud.
Achevé d'imprimer
en mars 1998
par l'Imprimerie Bussière
à Saint-Amand-Montrond (Cher)
sur papier des
Papeteries de Jeand'heurs
pour le compte
d'ACTES SUD
Le Méjan
Place Nina-Berberova
13200 Arles.

Dépôt légal
1re édition : avril 1995
N° impr. : 757